RAYMOND DU DORÉ

SŒUR DENISE

NANTES

IMPRIMERIE VINCENT FOREST ET ÉMILE GRIMAUD

PLACE DU COMMERCE, 4

1880

SŒUR DENISE

RAYMOND DU DORÉ

SŒUR DENISE

NANTES

IMPRIMERIE VINCENT FOREST ET ÉMILE GRIMAUD

PLACE DU COMMERCE, 4

1880

SŒUR DENISE

Il est par la douleur des âmes éprouvées,
Qu'aux expiations le ciel a réservées ;
Ames de sacrifice et de brûlant amour
Dont la prière monte à l'éternel séjour,
Et fléchit du Très Haut la justice sévère,
Comme le cri sauveur du Christ sur le calvaire.

(Poéte inconnu).

PROLOGUE

Il est doux, n'est-ce pas ? de quitter le collège,
Où, des travaux forcés goûtant le privilège,
On a rougi ses yeux, on a noirci ses mains,
A combattre en champ clos les Grecs et les Romains.
Aussi lorsque pour moi sonna la délivrance,
Très pauvre de savoir, mais riche d'espérance,
Vers le toit paternel je m'élançai joyeux,
Comme un oiseau captif à qui l'on rend les cieux.

Cependant, revenu sur la terre natale,
L'ivresse du retour pensa m'être fatale.
La jeunesse, ô prudence ! écoute peu ta voix.
Mes galops insensés, mes chutes dans les bois,
Mes chasses sous la pluie ou sous un ciel torride,
Mes plongeons imprévus dans le marais perfide,
Mes jours entiers d'automne à suivre le renard,
Mes longues nuits d'hiver à l'affût du canard,
Et plus que tout cela, mes chasses aux chimères,
Le vent des passions, les voluptés amères
Qui fatiguent les sens et torturent le cœur,
Du jeune homme à vingt ans brisèrent la vigueur.

Un matin je ne pus me lever de ma couche.
Ma tempe en feu, la soif qui me brûlait la bouche
Et la sueur glacée inondant tout mon corps,
D'une fièvre terrible annonçaient les transports.
Mes yeux fermés voyaient des éclairs et des ombres ;
Je glissais, je roulais en des abîmes sombres,
Et soudain dans l'éther lumineux transporté,
Je montais, je planais, roi de l'immensité.
Deux savants médecins vinrent en diligence.
Sans le mal qui chez moi troublait l'intelligencè,
Ils m'auraient égayé, ces docteurs de renom,
Car quand l'un disait : Oui ! l'autre s'écriait : Non !
De leurs poisons divers j'avalai mainte dose,
Et certes le bon Dieu se mêla de la chose,
Puisqu'en dépit de tout un mieux se déclara,

Le délire prit fin et ma mère espéra.
Je n'étais point guéri. Quoique forte et virile,
Ma mère exténuée appela de la ville
Une épouse du Christ, un de ces anges purs
Qui consument leur vie en dévouements obscurs.
Sœur Denise arriva. S'il eût vu sœur Denise,
Lamartine en eût fait une peinture exquise;
Moi je ne puis ici que vous la crayonner.
On ne savait vraiment quel âge lui donner.
Elle avait dès longtemps passé la quarantaine,
Mais des femmes qui n'ont pas encor la trentaine,
Plus d'une eût envié le visage si beau,
Les cheveux noirs couverts du mystique bandeau,
Le large front d'ivoire attendant l'auréole,
Le pied, la main d'enfant, la taille de créole,
Le limpide regard, la touchante pâleur
De la sainte accourue à mon lit de douleur.
A tous ses mouvements la grâce était unie;
Ses paroles tombaient en perles d'harmonie,
Et ses discours, trop pleins d'indulgente bonté,
Semblaient le démenti de son austérité.
La Guyane fiévreuse et l'Inde cholérique
Tour à tour avaient vu cette vierge héroïque
Braver de leur climat les fléaux dévorants,
Pour sauver ou du moins consoler les mourants,
Elle me dit, sitôt qu'elle fut installée :
« Bel oiseau, nous prendrons bientôt notre volée
Sous la condition expresse, mon enfant,

De ne faire jamais ce que l'on vous défend.
Obéissez, joignez vos prières aux nôtres,
Et nous vous guérirons: j'en ai guéri bien d'autres! »
Puis elle me sourit, tendrement me choya,
Et le troisième jour elle me tutoya.

J'allai de mieux en mieux ; je me sentais renaître
A la vie, au bonheur, grâce au souverain Maître,
Grâce aux soins maternels dont j'étais entouré.
De ma convalescence on était assuré.
Les médecins venaient toujours, par habitude,
M'apporter le tribut de leur sollicitude,
Et quand ils me quittaient après de longs débats,
Le malade en riait tout haut, la sœur tout bas.

Si je m'assoupissais dans le jour, ma gardienne,
Laissant le paresseux faire sa méridienne,
Sortait quelques instants jouir d'un ciel d'azur,
Se baigner de soleil et s'abreuver d'air pur.
Pensive, elle admirait toutes les belles choses ;
Elle aimait à la fois les chênes et les roses ;
Elle aimait le frisson du vent dans les roseaux,
Le parfum des prés verts, le babil des ruisseaux,
Le sifflement plaintif du bouvreuil sur les haies,
Le miroir des étangs, la sombreur des futaies ;
Et pourtant, loin des champs, loin de leurs doux trésors,
Elle veillait auprès des mourants et des morts !
A notre gai vallon ayant fait sa visite,

Esclave du devoir, elle rentrait bien vite,
Et jetait sur mon lit une moisson de fleurs,
Dont ses doigts mélangeaient les suaves couleurs.
Tout en elle était charme, et vive était ma peine,
Quand elle m'annonçait ma guérison prochaine.

« Je voudrais bien savoir, lui disais-je souvent,
Pourquoi la sœur Denise est entrée au couvent.
Contez-moi donc cela ! » Mais la religieuse
Ne me répondait pas, devenait soucieuse,
Me quittait brusquement ou tristêment rêvait,
En contemplant la croix pendue à mon chevet.
Plus discret, je cessai d'interroger la femme
Qui voulait me cacher peut-être un sombre drame,
Et renonçai, malgré mes désirs curieux,
A percer le secret d'un cœur mystérieux.

Or, un soir, ou plutôt une nuit de septembre,
La lueur du foyer seule éclairait ma chambre ;
J'entendais pour tout bruit le mouvement égal
Qui fait sur le cadran marcher le temps fatal.
La pendule sonna minuit et ma paupière
Restait obstinément ouverte à la lumière :
L'impatiente ardeur propre aux convalescents,
Éloignait le sommeil en agitant mes sens.
Alors celle qu'aurait éveillée une mouche,
Ma gardienne approcha son fauteuil de ma couche :
« Oh ! je sais, me dit-elle, un excellent moyen

De t'endormir, pourvu que tu m'écoutes bien :
Je vais te raconter mon ennuyeuse histoire;
Tu dormiras avant la fin, tu peux m'en croire. »
Et sa voix musicale, hésitante un moment,
Commença ce récit douloureux et charmant.

RÉCIT

— Tu connais, mon enfant, la sauvage Armorique,
Brumeuse région, froide, mélancolique,
Où des vents et des mers le bruit est éternel.
C'est là que je naquis. Le chaume paternel
S'adossait au penchant d'une falaise morne,
Qu'entouraient les tableaux d'un horizon sans borne.
Si jamais, retournant au vieux pays d'Arvor,
Tu visites un jour les côtes de Kernor,
Peut-être verras-tu, du haut de la colline,
Notre toit, qui doit être un débris de ruine.
Mon père était pêcheur ; ses deux fils courageux
L'accompagnaient gaiement sur les flots orageux,
Tandis que je restais, brune petite fille,
Avec ma bonne mère au foyer de famille,
Ou suivais, en chantant de naïves chansons,
Notre chèvre grimpante à travers les buissons.
Autour de nous régnait la vaste solitude ;
Car les riches alors n'avaient point l'habitude
De fréquenter nos bords en la saison d'été,
Pour y trouver ensemble et plaisirs et santé.
Aussi lorsque mes yeux parcouraient l'étendue,

Les seuls êtres vivants qui s'offraient à ma vue,
C'était de blancs oiseaux rasant les noirs récifs
Et les troupeaux errants de nos moutons chétifs.
Quelquefois à pas lents, le front courbé par l'âge,
Arrivait près de moi le recteur du village,
Qui bénissait du cœur la pauvrette aux pieds nus
Et daignait écouter ses propos ingénus.
Le doux et saint vieillard, ouvrant son bréviaire,
A l'abri d'un rocher murmurait sa prière,
Et pendant qu'il priait, il me semblait parfois
Que l'abîme grondant se calmait à sa voix.

Le soir, nos pêcheurs, grâce à la haute marée,
Rentraient et, descendant de la barque amarrée,
Nous revenaient avec leur palpitant butin,
Qu'accueillait de ses cris mon bonheur enfantin.
La pêche n'était pas toujours miraculeuse,
Mais, ferme dans sa foi, notre indigence heureuse
Travaillait sans se plaindre, en remerciant Dieu
De ne manquer jamais ni de pain ni de feu.
Mes frères s'en allaient, tout ravis de leur peine,
Vendre les beaux poissons à la ville prochaine,
M'apportant au retour croix, rubans, humbles dons,
Qui me rendaient bien fière à nos joyeux pardons.

Le dimanche, à travers la lande rose et grise,
Nous prenions tous les cinq le chemin de l'église,
Dont le clocher moussu, dans les jours printaniers,

Confondait sa blancheur avec les blancs pommiers.
J'occupais à la messe une place chérie,
Devant une peinture, image de Marie,
Que mon regard ému longuement contemplait,
Tandis qu'entre mes doigts roulait mon chapelet.
Le prêtre, interrompant l'auguste sacrifice,
Nous prêchait l'union, l'amour et la justice.
Aux riches il disait : « Soyez compatissants ;
Donnez, donnez, l'aumône est un suave encens
Qui va de l'Éternel endormir la colère. »
Aux pauvres il disait : « De votre vie amère
Acceptez les rigueurs, sans murmure et sans fiel ;
Les sentiers épineux nous conduisent au ciel. »

Après vêpres, le soir, on courait sur les plages,
Et tout en ramassant les jolis coquillages,
Je demandais comment la mer ne noyait pas
Le soleil qui plongeait sous les ondes là-bas.
Et quand la fraîche nuit tendant ses larges voiles,
Dans l'espace allumait d'innombrables étoiles,
Je demandais comment tous ces petits flambeaux,
Malgré les vents jaloux, brûlaient toujours si beaux.

On rentrait, on soupait ; mon père au coin de l'âtre,
Embrasant le fourneau de sa pipe noirâtre,
Racontait d'une voix qui ne tarissait pas
Sa jeunesse livrée aux hasards des combats.
Compagnon de Surcouf, dans une longue guerre,

Il avait partagé les périls du corsaire,
Et sur le pont sanglant des navires anglais,
Arboré maintes fois le pavillon français.
Mon père, en retraçant les scènes de carnage,
S'enflammait et semblait monter à l'abordage,
Et ma mère en riant nous disait : « Croirait-on
Qu'un homme si méchant soit devenu si bon ? »
Durant ces beaux discours mes paupières battues
Contre le doux sommeil luttaient demi-vaincues ;
On faisait la prière au sourd fracas des flots,
Et bientôt au logis tous les yeux étaient clos.

Nous espérions ainsi vivre obscurs et paisibles ;
Mais les desseins de Dieu sont incompréhensibles.

Un jour, l'éther jamais n'avait été si pur ;
L'océan avait mis à son manteau d'azur
Une frange d'argent comme pour une fête ;
Les goëlands charmés se berçaient sur la crête
De la vague amoureuse au branle harmonieux ;
L'alouette en chantant montait, montait aux cieux,
Et l'ardent laboureur, debout depuis l'aurore,
Aiguillonnait ses bœufs de sa note sonore.
Mon père dit alors : « Nous aussi, travaillons !
Allons creuser, enfants, nos rapides sillons ;
Si j'en crois mon espoir, la moisson sera bonne.
Au revoir, fille Yvette ! au revoir, femme Yvonne ! »
Nos trois pêcheurs à bord transportent sans délais

La miche de pain noir, l'eau douce, les filets,
Et les voilà partis. Du seuil de la chaumière
Nous vîmes s'éloigner la barque nourricière;
Nous la vîmes tourner les brisants dangereux,
Et bientôt, arrivant sur les fonds poissonneux,
Manœuvrer sous les bras d'un équipage habile.

Le temps, jusqu'à midi radieux et tranquille,
Se couvrit tout à coup de nuages blafards,
Dont la teinte livide effraya nos regards.
L'ouragan remplaça la brise caressante,
Et, cédant aux efforts de son aile puissante,
La mer se souleva, terrible; les éclairs
De sinistres clartés fendaient le champ des airs;
Le tonnerre grondait; les échos du rivage
Répétaient près de nous les éclats de l'orage,
Et les oiseaux du large, en jetant un long cri,
De nos rocs caverneux venaient chercher l'abri.

Que faisions-nous, pendant que l'horrible tourmente
Déchaînait sa fureur sur la plaine écumante?
O souvenir lointain, mais toujours douloureux!
Nos yeux interrogeaient l'horizon ténébreux,
Et nos cœurs palpitaient d'une angoisse mortelle,
Car on ne voyait plus la voile paternelle!
Nous implorions sainte Anne et les puissants patrons
Qu'à l'heure du péril, invoquent nos Bretons.
Hélas! dans ce chaos de monstrueuses lames,

De vents tempétueux, de fulgurantes flammes,
Ne descendirent point les célestes sauveurs,
Et tout fut englouti, la barque et les pêcheurs !
Ainsi l'Être éternel de notre sort décide ;
Mais l'équité toujours à ses arrêts préside,
Et son bras, dont les coups nous semblent odieux,
Frappe les innocents pour leur ouvrir les cieux.

Le lendemain, après l'apaisement des vagues,
A la basse marée on trouva sur les algues
Trois cadavres, les fils et le père enlacés,
Attendant le tombeau qu'on doit aux trépassés.
On rapporta les corps, on les mit dans la bière ;
Ma mère les suivit jusqu'au vert cimetière,
Et lorsqu'en terre sainte elle vit ses défunts
Dormir, sous l'aubépine aux champêtres parfums,
Elle revint à moi, l'inconsolable femme.
Ni plaintes ni sanglots ne soulageaient son âme :
Elle ne mêla point de larmes à mes pleurs,
Mais son calme cachait d'incurables douleurs.
Si le ciel ici-bas lui laissait une fille,
Il avait pris trois parts de sa chère famille.
Rien ne put arracher le trait envenimé
De ce cœur qui mourait pour avoir trop aimé.
Elle voulut en vain se remettre à l'ouvrage ;
Ses forces trahissaient son généreux courage.
Plus faible chaque soir ma mère se couchait,
Et je ne savais pas que sa fin approchait.

Un jour qu'elle m'avait prodigué ses tendresses
Et que je lui rendais ses ardentes caresses,
Je sentis ses deux bras, tout près de s'affaisser,
D'une étreinte plus vive encore me presser :
« Yvette, me dit-elle, à Dieu je te confie ;
Nous nous retrouverons dans l'immortelle vie. »
Puis d'un geste suprême, expirante, sans voix,
Elle fit sur mon front le signe de la croix.

Ma désolation, tu le croiras, fut grande.
Un berger qui gardait ses brebis sur la lande,
Vers la cabane en deuil par mes cris attiré,
Courut chercher Zabeth, la nièce du curé.
Zabeth vint aussitôt, amenant derrière elle
Le prêtre octogénaire, encor jeune de zèle,
Qui seul veilla la morte et seul l'ensevelit.
Moi je fus arrachée à ce funèbre lit,
A ce toit qui demain resterait solitaire.
La nièce m'entraîna pleurante au presbytère.
Nous allions, nous allions, car la nuit arrivait,
Et ma chèvre inquiète en trottant nous suivait.

Après tant de malheurs, que devint l'orpheline?
Maintes fois, tu le sais, l'aquilon déracine
Le chêne, et seulement courbe l'humble roseau.
La tempête glissa sur moi, faible arbrisseau.
Les fosses que la mort avait naguère ouvertes
Pour y jeter les miens n'étaient pas encor vertes,

Que l'oublieuse enfant, comme un oiseau chanteur,
Charmait de sa gaieté la maison du recteur.

Ma mémoire fidèle, avec reconnaissance,
De ce pauvre logis garde la souvenance ;
Et bien que rien n'en reste, encore je le vois.
Le toit, couvert en paille et datant d'autrefois,
Abritait à peu près trois indigentes chambres.
Dans l'une le pasteur reposait ses vieux membres ;
Les deux autres étaient cuisine et bûchelier.
A l'unisson des murs croulait le mobilier :
Un placard vermoulu là tenait lieu d'office ;
Un bahut renfermait le vin du sacrifice ;
Une armoire gardait quatre paires de draps ;
La servante au grenier couchait avec les rats.
Des vases de faïence, une Vierge de plâtre,
Décoraient humblement la tablette de l'âtre ;
Quelques poules grattaient sur la cour ; en un coin,
Une vache mangeait, quand elle avait du foin.

Combien est différent de l'ancienne demeure
Le presbytère neuf qu'on admire à cette heure !
Des arbustes, des fleurs, du sable, un frais gazon,
S'harmonisent devant la coquette maison ;
A droite, un valet soigne une agile cavale ;
Sous la remise, à gauche, un tilbury s'étale ;
Pour entrer vous montez un perron de granit ;
Un large vestibule aux corridors s'unit ;

Et ce sont des parquets aux luisantes surfaces,
Du marbre, des lambris, des pendules, des glaces,
Et de moelleux fauteuils où le maître du lieu
Longuement fait la sieste et bénit le bon Dieu.

Zabeth chez son vieil oncle et maîtresse et servante
Était dans la paroisse une grande savante ;
Car elle savait lire, écrire, aussi compter.
Après m'avoir appris à coudre, à tricoter,
Voyant qu'à ses leçons je n'étais point rebelle,
Elle voulut me rendre aussi savante qu'elle.
Lorsque arriva l'hiver aux longues nuits, Zabeth
Me fit étudier le terrible alphabet,
Et, dans ce dur labeur s'armant de patience,
Finit par me doter de toute sa science.
Mon jeune esprit, docile à son enseignement,
Des préceptes divins s'instruisit aisément.
Ma foi sans trop comprendre était sincère et vive.
J'allais avec bonheur, pénitente naïve,
Confier les secrets de mon cœur timoré
Au juge paternel du tribunal sacré ;
Et dans la joie un jour mon âme anéantie,
Pour la première fois, reçut la sainte Hostie.
Cet ineffable don qui passait mes désirs
Est resté le plus cher entre mes souvenirs.

Mener ma chèvre blanche et notre vache brune
Paître chaque matin dans la lande commune ;

Au retour apprêter les œufs, le lait, les choux,
Que le maître frugal partageait avec nous ;
Arracher au jardin les plantes parasites ;
Cultiver d'humbles fleurs ; aller par mes visites
Rendre un peu de courage aux malheureux du bourg ;
Orner l'autel ; rentrer à la chute du jour,
Et puis au coin du feu, le soir à la veillée,
Après avoir filé ma blonde quenouillée,
Prendre du bon recteur la soutane en lambeaux,
Pour y coudre, en riant, en pleurant, des morceaux :
Telle était à Kernor ma paisible existence,
Pareille au sablier qui se vide en silence.

Une fois dans l'année on se mettait en frais.
Quel festin nous servions ! Outre un beau poisson frais,
Nous avions deux rôtis, une énorme salade,
Un large plat de mil doré de cassonade,
Un superbe melon offert par le château,
Des fruits verts, des fruits secs, café, vin et gâteau !
Enfin, de tels apprêts qu'on en perdait la tête !
C'est que du bon recteur on célébrait la fête.
Les convives étaient des prêtres du canton.
Jeunes pour la plupart, leur franc parler breton,
Autant qu'il m'en souvient, blessait la déférence
Qu'ils devaient au doyen si plein de bienveillance ;
Et tout en louant fort le somptueux repas,
De taquiner leur hôte ils ne se gênaient pas.
« Eh bien ! lui disaient-ils, point encore d'école

De garçons à Kernor ? Ah ! cela nous désole !
Voulez-vous dans la nuit laisser vos paroissiens ?
Vos enfants éclairés seraient-ils moins chrétiens ?
De ces chers ignorants ouvrez donc la paupière !
On nous accuse trop de cacher la lumière.
Prenez garde à l'évêque ! il vous semoncera,
Et, malgré vous, un jour l'instituteur viendra. »

Le doyen ripostait : « Je sais, jeunes confrères,
Que nous sommes ici d'opinions contraires,
Mais à vos arguments je réponds par des faits.
Voyons un peu quels sont les prétendus bienfaits
De cette instruction qu'on appelle primaire.
Vous allez enlever les enfants à leur mère :
Elle vous a donné d'innocents nourrissons,
Et vous les lui rendez insignes polissons.
Ces fils de laboureurs que vous croyez instruire,
De l'école échappés bientôt cessent de lire,
Et si demi-savant l'un d'eux est demeuré,
Il sera d'ordinaire hostile à son curé.
Dans ma paroisse, au moins, je n'ai point de ces drôles
Qui viennent au sermon pour hausser les épaules,
Qui vont au cabaret, du diable adroits agents,
Entre deux pots de cidre endoctriner les gens.
Ils tirent de leur poche un journal, des brochures,
Où l'incrédulité prêche ses impostures,
Où prêtres et dévots, avec art dénigrés,
A la dérision publique sont livrés :

On lit cela tout haut, et le sot auditoire
Au mensonge imprimé n'hésite pas à croire.
Mes pauvres paysans ! oui, je leur aime mieux
Un chapelet en main qu'un livre sous les yeux. »
Il parlait de la sorte et certes le bonhomme,
Quoiqu'un peu pessimiste, avait raison en somme.

Dans les mêmes travaux, dans les mêmes loisirs,
Nous vivions sans regrets, sans craintes, sans désirs,
Et sur nos fronts bénis les tranquilles journées
Passaient en nous sonnant des heures fortunées.
Je grandissais ; quand j'eus seize ans, pour m'embrasser,
Ma compagne n'eut plus besoin de se baisser.

Cependant le vieillard qui nous servait de père
Devenait par degrés étranger à la terre :
Ses regards ne pouvaient se détacher des cieux,
Ses lèvres murmuraient des mots mystérieux ;
L'Eucharistie était son pain et son breuvage ;
Des autres aliments il oubliait l'usage.
Il tombait en extase : un jour, Zabeth et moi,
Nous eûmes la faveur de voir, non sans émoi,
De voir quelques instants le nimbe séraphique
Couronner les cheveux de l'apôtre rustique ;
Et nous dîmes : « Bientôt le juste va mourir ! »
Dieu vint cueillir le fruit qu'il avait fait mûrir.

Par un neigeux matin du rigoureux décembre,

Le pasteur vigilant ne quittant point sa chambre,
Nous frappons à la porte entr'ouverte, mais rien
Ne répond ; nous entrons : oh ! comme il dormait bien !
Il dormait, allongé sur son étroite couche ;
Un sourire céleste illuminait sa bouche,
Qui, muette, parlait plus haut qu'avec la voix ;
Ses deux bras étendus formaient la sainte croix.
Zabeth en sanglotant lui ferma les paupières,
Et tandis que montaient nos ardentes prières,
Tandis que près du corps nous pleurions à genoux,
Le bienheureux sans doute intercédait pour nous.

Dès qu'on sut au pays la funèbre nouvelle,
Ce fut une douleur navrante, universelle ;
Car le bon prêtre, objet de nos regrets pieux,
Avait tant fait chez nous de baptêmes joyeux ;
Il avait tant béni de chastes épousailles ;
Il avait tant conduit de tristes funérailles,
Que l'esprit et le cœur de tous ses paroissiens
Étaient unis à lui par de sacrés liens.
Avant de l'enfermer en son pauvre suaire,
On l'exposa trois jours sur le lit mortuaire,
Et ceux qui pour le voir en foule étaient venus,
S'en allaient embaumés de parfums inconnus.
Couché depuis trente ans sous l'if du cimetière,
Celui qui sur ses fils veilla sa vie entière,
Attend au milieu d'eux le réveil du tombeau,
Comme un berger, la nuit, dort avec son troupeau.

Zabeth, son oncle mort, dut sortir de la cure
Qui vingt ans abrita sa destinée obscure.
La vache du défunt et ses meubles vendus,
L'héritière se vit riche de cent écus.
Nous allâmes loger dans une maisonnette
Où, tout à nos travaux et tout à la retraite,
Nous vécûmes cinq mois en un calme charmant,
Que bientôt vint troubler un grand événement.

Près de nous demeurait, en dehors du village,
Un vaillant ouvrier, homme de moyen âge,
Qui chantait au lutrin et creusait des sabots.
Pol Carvan n'était pas un garçon des plus beaux.
De longs crins roux tombant de sa tête bretonne
Ombrageaient à moitié sa face large et bonne ;
Ses yeux ronds pétillaient d'audace et de gaieté,
Et quand, debout, les poings fermés, l'air irrité,
Il lançait dans le chœur sa voix de basse-taille,
Elle montait au ciel comme un cri de bataille.

Le voisin visitait ses voisines souvent,
Sciait leur bois, faisait sécher leur linge au vent,
Et leur cruche, par lui portée à la fontaine,
En revenait parfois de cidre écumant pleine.
Nous étions chaque soir trois autour du foyer,
Et notre ami savait si bien nous égayer,
Tantôt par ses chansons, tantôt par ses histoires,

Qu'avec lui nous trouvions courtes les heures noires.
Bref, Pol aima Zabeth, puis Zabeth aima Pol,
Et cet honnête amour ne reprit point son vol.

Un jour, les genêts d'or, les pâquerettes blanches,
Ces étoiles d'azur qu'on nomme des pervenches,
Brillaient diamantés des larmes du matin ;
La brise caressait les bouleaux de satin ;
La forêt reverdie écoutait Philomèle ;
Sur la croix du clocher gazouillait l'hirondelle,
Lorsque le carillon de Kernor retentit
Et du temple rustique une noce sortit.
Des parents, des amis, l'assistance nombreuse
Se pressait, se mêlait, courait, jasait heureuse,
Et les époux, suivis de regards curieux,
Se tenant par la main, marchaient silencieux ;
Mais à côté de Pol Zabeth baissait la tête,
Car l'oncle vénéré manquait à cette fête.

Tant que dura le jour on rit, on festina ;
Le biniou tout le jour au bord des eaux sonna,
Et du bal villageois la rumeur éclatante
Couvrait parfois le bruit de l'écluse grondante.

Or une grande dame, Eva de Ferloyal,
Qu'on avait invitée au banquet nuptial,
Y parut vers le soir ; son fils l'avait suivie.
Elle touchait à peine au midi de la vie,

Mais sa pâleur, ses yeux, de tristesse voilés,

Mais à ses cheveux bruns les fils d'argents mêlés,

Faisaient penser, devant cette femme encor belle,

Que le vent du malheur avait soufflé sur elle.

Un jour avait flétri son sort brillant et doux.

Aux champs de Waterlo le comte, son époux,

Chargeant au premier rang dans l'ardente fournaise,

Etait mort foudroyé par une balle anglaise.

La noble Eva, fidèle à son unique amour,

Quitta Paris, quitta le monde sans retour,

Et s'en vint habiter notre pays sauvage,

Pour y pleurer en paix son précoce veuvage.

Là, dans la solitude elle avait élevé

L'enfant que lui laissait le héros enlevé,

L'enfant qui, devenu jeune homme à mine fière,

Demandait chaque jour les armes de son père.

Agénor, le dernier d'une race de preux,

Avait été doué par un ciel généreux.

En lui tout était force et grâce sympathique :

Ses traits purs rappelaient ceux d'un camée antique ;

De ses grands yeux d'azur le regard franc et clair

Tantôt dormait rêveur, tantôt lançait l'éclair ;

Sa voix, légèrement voilée et caressante,

A captiver les cœurs était toute-puissante ;

Ses blanches mains de femme avaient des nerfs d'acier ;

Nul avec moins d'efforts ne domptait un coursier ;

La bonté souriait sur sa mâle figure ;

Tous nos gars enviaient sa longue chevelure,
Et, lorsque le dimanche arrivait Agénor,
A leur porte sortaient les filles de Kernor.

La fête allait son train : notre foule en liesse
D'un branle général s'enivrait ; la comtesse,
Me voyant seule assise à l'écart, s'approcha
Et d'un doigt bienveillant doucement me toucha.
Je me levai confuse ; elle me dit : « Mignonne,
Quoi ! pour danser ici ne trouvez-vous personne ?
Vous méritez pourtant un beau danseur, ma foi !
Voulez-vous que mon fils... — « Oh ! non, pardonnez-moi !
L'honneur que vous m'offrez ferait trop de jalouses ;
D'ailleurs de ces heureux qui foulent nos pelouses
Je ne partage point la gaieté. » — « Pourquoi donc ?
— « Le bonheur de Zabeth me livre à l'abandon.
J'espérais, tant cela me paraissait facile,
Être de nos époux la compagne docile ;
Mais ils m'ont déclaré, non sans regret, je crois,
Que leur maison serait trop petite pour trois. » —
« Et que comptez-vous faire à présent, ma gentille ? » —
« Ce qu'à dix-sept ans peut faire une pauvre fille :
Me gager, pour avoir du pain et des habits ! » —
« Oui, certes, vous pourriez, gardeuse de brebis,
Chez quelque paysan manger de la galette
Et gagnant huit écus briller par la toilette !
Moins dur sera le sort que je vous donnerai.
Vous lisez, m'a-t-on dit, comme notre curé ;

Et puis votre écriture, à ce que l'on raconte,
Fait de l'institutrice et l'envie et la honte.
J'ai tant et tant pleuré que pour mes yeux, le soir,
Les livres ne sont plus que du blanc et du noir.
Écrire, également, me devient impossible,
Car tout mot que je trace est un mot illisible.
Agénor, il est vrai, me tire d'embarras,
Mais pour un long voyage il doit partir, hélas !
J'ai donc besoin de vous et je vous prends, ma chère ;
Vous serez près de moi lectrice et secrétaire. »
Je voulais refuser, mais la comtesse Eva,
Demandant sa voiture, aussitôt m'enleva.

Le lendemain matin, le chant d'une fauvette
Me réveillait gaiement dans ma molle couchette,
Et, surpris de me voir, l'oiseau mélodieux
Me jetait de sa cage un regard curieux.
Oh ! mon étonnement était plus grand encore !
Cette chambre où glissaient les rayons de l'aurore,
Ces frais rideaux, semés de bleus volubilis,
Ce bénitier d'albâtre ouvert en fleur de lis,
Cet archange d'airain dont la main fraternelle
Protégeait mon chevet de son glaive fidèle ;
Ce miroir supporté par deux magots plaisants,
Ce tapis, ces cristaux, ces meubles reluisants,
Que j'avais vus à peine en me couchant la veille,
Pour l'humble villageoise étaient une merveille.
Mon admiration ne pouvait se lasser.

J'étais là ne sachant que faire, que penser ;
Me croyant le jouet de quelque rêve étrange,
De crainte et de plaisir je sentais un mélange.

Soudain entra Madame : « Yvette, levons-nous,
Dit-elle, en m'effleurant du baiser le plus doux ;
Ici dans un instant va monter ma tailleuse. »
L'ouvrière parut ; sa bouche était railleuse :
Tout en prenant mesure à la fille des champs,
Cette femme sur moi fixait des yeux méchants.
Hélas ! presque toujours l'enfant de l'indigence
Qui sous le toit des grands vient goûter l'opulence
Et rêve un avenir plein de félicités,
Voit l'envie et la haine éclore à ses côtés.
Les serviteurs jaloux de la riche demeure
Se liguent contre lui ; chaque jour, à toute heure,
Il subit des refus, il entend des propos
Qui lui font une vie amère et sans repos.
Quant à moi, je le dis de mes lèvres sincères,
Je ne fus point soumise à ces tristes misères.
Tant que j'y demeurai, jamais à Ferloyal
Je n'eus à soutenir un combat déloyal.
Là tous me savaient pauvre et de naissance infime
Et pourtant m'entouraient d'égards, de soins, d'estime ;
Là pas un seul, hormis la tailleuse aux yeux gris,
N'eût voulu me blesser d'un regard de mépris.

On ne m'habilla point en belle demoiselle.

D'abord on m'eût trouvée à ce sujet rebelle,
Et la maîtresse aussi pensait fort sensément
Que bien des gens riraient d'un tel déguisement.
Si ma jupe en drap noir, un peu courte peut-être,
Laissait coquettement la cheville paraître,
En retour mon sévère et pudique veston
Boutonnait la poitrine et montait au menton.
Ma coiffe du pays ne pouvait qu'avec peine
Contenir la moitié de mes cheveux d'ébène,
Et de par Agénor ces indisciplinés
Dans un large réseau furent emprisonnés.
Oh ! ce fut un bonheur de quitter, je l'assure,
Mes durs et lourds sabots pour la fine chaussure
Et de faire courir, du jardin au salon,
Mes pieds qu'on comparait aux pieds de Cendrillon.
Ce que je repoussai comme une offense amère,
C'est d'altérer le nom que me donnait ma mère :
Parce qu'alors la mode était aux noms en a,
La comtesse eût voulu m'appeler Yvetta.

Ferloyal, le manoir où j'étais installée,
Dominait les coteaux d'une sombre vallée,
Où l'été gazouillait un ruisseau gracieux,
Où rugissait l'hiver un torrent furieux.
Au couchant s'élevait une futaie antique
Dont mille oiseaux peuplaient l'ombrage poétique,
Dôme majestueux qui me vit tant de fois
M'asseoir pour écouter le silence des bois.

A l'est se déroulaient des landes et des landes,
Où le vent sillonnait l'immensité des brandes.
La mer, que j'aurais dû haïr et que j'aimais,
Apparaissait au sud entre d'âpres sommets.
A travers les rameaux de gigantesques hêtres
Qu'avaient en avenue alignés les ancêtres,
Mes regards attendris apercevaient au nord
Un modeste clocher, le clocher de Kernor.

Ferloyal fut jadis un château redoutable,
Et même on racontait que le bon connétable,
Guesclin, l'avait trois mois vainement assiégé,
Alors que le pays, en deux camps partagé,
Prolongeait dans le sang une lutte terrible.
Mais depuis trois cents ans le vieux castel paisible
N'avait que le hibou pour garder ses créneaux.
Quand vint Quatre-vingt-treize aux exploits infernaux,
Fer et flamme à la main, les bandits populaires
Se ruèrent un jour sur les tours séculaires ;
Mais leur granit lassa les bras démolisseurs.
Au retour de l'exil, les anciens possesseurs
Rachetèrent, heureux, les ruines superbes.
On arracha des cours les ronces et les herbes ;
On restaura les murs, on releva les toits,
Et le foyer revit les beaux soirs d'autrefois.

Maintenant, en ce lieu de paix, de bienfaisance,
Je te dirai pour moi quelle était l'existence.

Ainsi qu'un passereau, levée avec le jour,
Je bénissais le ciel dans un élan d'amour ;
Puis ouvrant ma fenêtre à la brise odorante,
Je laissais loin, bien loin plonger ma vue errante.
Après avoir joui du spectacle enchanteur
Et donné la pâture à mon joli chanteur,
Je faisais, je rangeais tout chez moi ; ma chambrette
Brillait dès le matin, fraîche autant que proprette,
Et l'on aurait pu croire, en franchissant mon seuil,
Qu'Yvette avait passé la nuit dans son fauteuil.

Bientôt je me rendais auprès de ma maîtresse,
Qui payait mon bonjour d'une tendre caresse.
Souffrante, d'ordinaire elle se levait tard.

Je m'asseyais au bord du lit, sous son regard ;
Et nous causions longtemps, moins de bouche que d'âme,
Ou plutôt je laissais parler l'aimable femme,
Dont les sages discours, émaillés d'enjouement,
M'enseignaient la morale avec un art charmant.
Ses préceptes, toujours appuyés d'une histoire,
Pour ne plus en sortir entraient dans ma mémoire.
J'écoutais, attentive, et ma jeune raison
Autour d'elle voyait s'élargir l'horizon.
J'apprenais à juger les effets par les causes,
A distinguer le doigt de Dieu dans toutes choses
Et je devenais, grâce à mon doux professeur,
Chrétienne par l'esprit autant que par le cœur.

Quelquefois la comtesse au milieu d'une phrase
S'arrêtant tout à coup, tombait presque en extase :
C'est qu'elle contemplait dans son cadre doré
Le portrait souriant de l'époux adoré.
Ses beaux regards, voilés d'un humide nuage,
Répondaient aux regards de la vivante image,
Et comme aux jours bénis d'un fortuné lien,
L'épouse s'enivrait d'un muet entretien.
Pour ne pas la troubler, pour ne pas la distraire
De son illusion mélancolique et chère,
Je sortais de la chambre à pas silencieux
Et j'allais parcourir nos jardins spacieux.

C'était le mois des fleurs, des verdoyantes feuilles.
Les lilas se berçaient auprès des chèvrefeuilles ;
Les œillets argentés et les jonquilles d'or
De leurs riches couleurs étalaient le trésor ;
La rose avec dédain regardait ses voisines ;
Au faîte des piliers serpentaient les glycines ;
La jacinthe inclinait ses coupes de saphir ;
Les jasmins parfumaient l'haleine du zéphyr,
Et parmi ces splendeurs blanches, jaunes, vermeilles,
Volaient cent papillons, bourdonnaient mille abeilles.
Tandis que j'admirais ce tableau printanier,
Devant moi s'arrêtait Pierre, le jardinier :
« Vraiment, me disait-il, voilà de belles choses ;
Mais un chou bien pommé vaut mieux qu'un tas de roses.

A soigner tout cela j'ai perdu trop de temps !
Venez, ajoutait-il, venez quelques instants ; »
Et vers le potager m'entraînant à sa suite,
De ses produits divers me vantait le mérite.
« Voyez mes artichauts ! je les décime en vain,
Car si j'en coupe dix, il en repousse vingt.
Voyez les rangs nombreux de mon carré d'asperges,
Qui donne chaque jour au moins cent têtes vierges !
Voyez mes cantalous ! Le père Adam jadis
N'en mangeait point de tels en son beau paradis. »
Je riais à l'entendre : « Oh ! riez à votre aise !
Un parterre est charmant, mais, ne vous en déplaise,
Dans la cuisine il faut de l'ail et des ognons.
Lorsque cuiront demain ces petits pois mignons,
Pour les assaisonner, au lieu de sariette,
Gothon n'y mettra pas des fleurs de violette. »
Pierre continuait longtemps à raisonner,
Mais la cloche à grand bruit sonnait le déjeuner.

La comtesse pour règle avait l'exactitude ;
Agénor, au contraire, en manquait d'habitude,
Et quand il arrivait le repas commencé,
Par sa mère le fils n'était point embrassé.
Alors, pour obtenir ce baiser qu'on refuse,
Le convive en retard présentait mainte excuse :
Tantôt c'était son chien qui s'était égaré,
Et tantôt son cheval qui s'était déferré ;
Tantôt un rossignol à la voix sans pareille

Avait dans la forêt captivé son oreille.
Bref, il plaidait sa cause avec tant d'abandon,
Qu'il finissait toujours par avoir son pardon.
La paix faite, Agénor prenait deux côtelettes
Qu'il réduisait bientôt à l'état de squelettes,
Et dévorant après trois tranches de rosbif,
Prouvait que l'air des bois est fort apéritif.

Lorsque le ciel était sans bise et sans nuage,
On allait visiter les champs du voisinage.
L'étranger citadin amené dans ces lieux,
Y trouvait les chemins des Celtes nos aïeux,
Et ne s'y risquait point sans quelque inquiétude ;
Mais de ces chemins-là nous avions l'habitude.
Ecartant de la main la ronce et l'églantier,
Nous montions en partant un rocailleux sentier
Qui contournait le flanc d'une agreste colline.
Sortis de cette étroite et profonde ravine
Et parvenus, enfin, au sommet du coteau,
Nous embrassions de l'œil tout un riche plateau.
Riche? oui, je le redis, car ma pauvre Bretagne
N'offre guère aux regards d'opulente campagne,
Et bien des vaillants fils, sur son rivage éclos,
Laissent leur sol ingrat pour labourer les flots.
Mais là, par un travail habile, opiniâtre,
On avait triomphé d'une terre marâtre.
D'innombrables sillons de seigle, de froment,
Sous une tiède haleine ondulaient mollement.

Le maïs, le colza, les plantes fourragères,
Remplaçaient la moisson des stériles fougères,
Et mille beaux pommiers, éblouissants de fleurs,
Promettaient des tonneaux de cidre à nos buveurs.
Au milieu d'une vaste et riante pâture,
Qu'abreuvait en tout temps une eau rien moins que pure,
Vaches, taureaux, brebis et poulains bondissants,
Tondaient les frais gazons sans cesse renaissants.
A l'entour s'élevaient des fermes confortables,
Dont les blanches maisons, les granges, les étables,
Les animaux choisis, les colons diligents,
Du maître proclamaient les soins intelligents.
Qui donc avait créé ce fertile domaine ?
L'or et la volonté de notre châtelaine.

Partout la noble femme avec aménité
Exerçait, imposait sa douce autorité.
Nous visitions parfois ses heureuses chaumières,
Et par nous appelés, les enfants des fermières
Arrivaient, barbouillés de miel ou de blé noir.
Madame en souriant demandait un mouchoir,
De l'eau dans quelque vase, et, regardant la mère,
Infligeait aux marmots un lavage sommaire ;
Puis, la toilette faite, elle les embrassait,
Et toujours un gros sac de bonbons y passait.
Cette leçon peut-être ailleurs eût été bonne ;
Mais que sert de laver une tête bretonne ?

En quittant l'oasis rustique on s'enfonçait
Sous des pins ténébreux où le jour s'éclipsait,
Où les vents, arrêtés par d'épaisses ramures,
Agitaient le feuillage avec de longs murmures.
Nous écoutions, rêveurs, ces bruits mystérieux
Qui font de la forêt un temple harmonieux ;
Mais un lièvre, parti tout à coup de son gîte,
Mettait chez Agénor la rêverie en fuite ;
Le chasseur maugréant regrettait son fusil ;
Moi j'admirais les jeux de l'écureuil gentil,
Qui d'un arbre en trois bonds escaladait le faîte,
Et semblait me narguer du haut de sa retraite.

Nos pas en s'éloignant des bois noirs rencontraient
Un étang que les joncs frémissants encadraient.
Près du bord un rocher à la rude surface,
Nous présentait un siège, et nous y prenions place.
Le petit lac dormeur par la brise éveillé,
De reflets éclatants brillait ensoleillé,
Et de ses nénuphars la blanche fleur coquette
Se berçait au roulis de la vague muette.
Les saules, pour cacher le nid des poules d'eau,
Là dans l'onde inclinaient leur verdoyant rideau ;
Là passait, repassait la rapide hirondelle ;
Là gravement allait et venait la judelle ;
Et le martin-pêcheur, en rasant le flot pur,
Fuyait à nos yeux comme une flèche d'azur.
De ce tableau vivant observateurs tranquilles,

Nous regardions parmi les grands roseaux mobiles,
Nous regardions de loin tous ces oiseaux heureux
Voler ou se glisser par couples amoureux.
Quelquefois à fleur d'eau montrant sa grosse tête,
Une loutre arrivait ainsi qu'un trouble-fête ;
Mille cris signalaient le perfide rôdeur,
Qui retournait sonder l'humide profondeur.
Quelquefois le buzar, aux ailes étendues,
Sur un canard distrait tombait du sein des nues,
L'emportait à l'écart, et, brigand carnassier,
Déchirait sa victime avec son bec d'acier.
Le sort du beau col-vert m'inspirait la tristesse.
« Pourquoi vous affliger ? me disait la comtesse,
Le faible, c'est la loi, sert de pâture au fort ;
Nous aussi nous tuons, nous vivons de la mort.
Sans parler des brebis, des vaches, ces nourrices
Que nous assassinons pour prix de leurs services,
Dans les champs quel gibier ne périt sous nos coups ?
Dans les flots quel poisson n'est capturé par nous ?
Si l'homme aux animaux sans cesse fait la guerre,
Les animaux entre eux ne se ménagent guère,
Et le pauvre canard qu'on mange en ce moment,
Des carpillons du lac a déjeuné gaiement. »

On repartait, allant toujours à l'aventure,
Aspirant les senteurs d'une fraîche nature,
Prêtant l'oreille au chant du pâtre que les houx,
Immobiles, semblaient écouter comme nous.

Le lierre festonnant les roches granitiques,
Le lézard vert à qui nous causions des paniques,
Les insectes vêtus d'or ou de bleu lapis,
Les mousses dont nos pas cherchaient le doux tapis
Et le ruisseau d'argent tombant en cascatelle,
Nous faisaient admirer la puissance immortelle
Qui près du magnifique a mis le gracieux,
Pour charmer à la fois notre esprit et nos yeux.
Les astres dans le ciel étincellent en foule ;
Partout brillent les fleurs dans le gazon qu'on foule ;
Et Dieu qui créa tout sans effort, sans conseil,
Fit le brin d'herbe aussi parfait que le soleil.

Il baissait, le soleil : au niveau des collines,
Qui défendent nos champs des bourrasques marines,
Splendide, il nous jetait ses obliques rayons ;
Et, non pas sans regret, du retour nous parlions ;
Mais exacte toujours, l'inflexible comtesse,
Sur le bras de son fils appuyant sa faiblesse,
Du manoir lentement reprenait le chemin ;
Et je suivais avec des fleurs dans chaque main.

Nous avions pour voisin le baron de Kernièvres,
Chasseur qui n'avait pas fusillé que des lièvres.
Alors que guerroyaient les blancs contre les bleus,
Il s'était illustré par des traits fabuleux,
Et sur son front, paré de mainte cicatrice,
Il portait fièrement ses états de service.

Accompagné d'un chien fameux, nommé Râteau,
Il venait quelquefois déjeûner au château,
Et nous émerveillait de sa verte vieillesse.
Son seul travers était d'exalter sa noblesse ;
Il en parlait sans fin quand il avait bu sec :
Ses aïeux remontaient jusqu'à Mériadec !
Il avait tous les droits au duché de Bretagne !
Ses titres sur vélin dataient de Charlemagne !
Agénor, qu'assommaient ces discours ennuyeux,
Disait au vieux hâbleur d'un ton très sérieux :
« Malgré les rats, malgré le temps et ses outrages,
Baron, vos parchemins ont traversé les âges ;
Les miens, je les regrette et s'ils n'existent plus,
C'est que dans le déluge ils ont été perdus. »

Quand l'été vint tarir la source des cascades,
Il fallut renoncer aux longues promenades.
Les oiseaux sans amour se taisaient ; le grillon
Seul fredonnait encor sur l'aride sillon ;
La prairie attristée avait perdu ses herbes ;
Les bœufs du moissonneur avaient rentré les gerbes,
Et le berger, suivi de son troupeau bêlant,
Cherchait au nord des bois un souffle moins brûlant.
Les plantes languissaient, de chaleur abattues.
Pierre, qui prodiguait l'eau fraîche à ses laitues,
N'arrosait qu'à regret nos brillants dahlias,
Nos massifs de verveine et de pétunias.

Agénor, aussitôt que l'aube était venue,
S'élançait à cheval par la sombre avenue.
J'accompagnais des yeux, dans un muet effroi,
Le cavalier fuyant sur l'ardent palefroi.
Inquiète de lui, longtemps à ma fenêtre
Je restais, même après l'avoir vu disparaître,
Et le recommandais à mon ange gardien,
Pensant que l'imprudent aurait trop peu du sien.
Tandis qu'il galopait j'allais trouver sa mère
Qui me disait : « Venez, monsieur mon secrétaire,
Nous avons ce matin de la besogne. Il faut
Commencer par écrire au notaire Griffaut :
Cet homme-là toujours laisse traîner les choses,
Mais de ses longs délais je n'admets point les causes ;
Je veux que sans retard il m'apporte le bail
Qu'attend depuis six mois mon fermier de Tor-maïl ;
Je veux également qu'il me rende les titres
Que j'avais l'an dernier confiés aux arbitres,
Pour établir mes droits sur les marais d'Ar-tif ;
Puis je veux mon argent qu'il garde sans motif. »
Quand au tabellion j'avais fait sa missive :
« Maintenant vous savez que bientôt nous arrive
L'évêque de Quimper confirmer nos enfants ;
Comme il serait logé dans ces jours étouffants
Fort mal au presbytère, écrivez que j'invite
A descendre au château Monseigneur et sa suite :
Lettre respectueuse en termes des plus brefs,
Car le style verbeux des grands froisse les nerfs. »

Le courrier terminé, ma main, quittant la plume,
De nos auteurs chéris ouvrait quelque volume.
L'aimable Sévigné, le touchant Fénelon,
Le malin La Fontaine, à tort nommé le bon,
Châteaubriand, rêveur et sublime génie,
Lamartine, créé d'amour et d'harmonie,
Nous offraient tour à tour leurs récits enchanteurs,
Immortel aliment des esprits et des cœurs.
En lisant, relisant ces lumineuses pages,
Je m'identifiais à mille personnages ;
Je voyais, j'entendais, au fond de mon cerveau,
Vivre, parler, agir tout un monde nouveau :
Mentor me transportait dans le siècle homérique ;
J'errais avec René sous les bois d'Amérique ;
Sur la cime des monts qui rapprochent des cieux
Jocelyn m'enivrait de chants mélodieux ;
J'écoutais la Marquise et préférais en somme
La conversation des bêtes du Bonhomme.
Mais que je laissais vite et la prose et les vers,
Et comme je courais aux rideaux entr'ouverts,
Quand le beau cavalier, parti depuis l'aurore,
Rentrait en bondissant sur le pavé sonore !

Dans les flots apaisés de l'océan vermeil
Souvent nous allions voir se coucher le soleil.
Agénor, détachant son canot de la rive,
M'invitait à le suivre, et j'hésitais, craintive ;

Mais sa mère toujours, sans m'expliquer pourquoi,
Me disait gravement : « Non, restez avec moi. »
Il partait donc tout seul : la voile qu'il maîtrise,
L'emportait, le berçait au souffle de la brise,
Comme un coursier docile obéit à la main
Qui lui livre l'espace ou l'arrête en chemin.
Tandis qu'il se jouait sur l'élément perfide,
La comtesse admirait son adresse intrépide ;
Moi, ne voyant qu'un gouffre ouvert à ses côtés,
Je souffrais, je tremblais de ses témérités.
Au pied du promontoire où nous étions assises,
Expiraient mollement les lames indécises,
Et dans la vastité de l'éther et de l'eau
Se déroulait pour nous un magique tableau.
A l'horizon doré se découpaient deux îles :
L'une dressait les pics de ses mornes stériles
Et l'autre arrondissait en dômes ses grands bois.
Tel qu'une île flottante, à nos yeux quelquefois
Passait majestueux un vaisseau solitaire,
Qui peut-être cinglait aux bornes de la terre.
Nos regards le suivaient longtemps et je disais :
« Ce navire si beau reviendra-t-il jamais ? »
Les splendeurs du couchant coloraient toutes choses :
La mouette argentée avait des ailes roses,
Et les nuages gris entraînés par les vents,
Empourprés, ressemblaient à des brasiers mouvants.
Quand le soleil plongeait sous les vagues profondes,
La lune, se levant à l'orient des ondes,

Montait, astre glacé, sentinelle de Dieu,
Relever dans le ciel l'astre aux rayons de feu.
Alors la vaste nuit laissait tomber ses voiles,
Alors le firmament se parsemait d'étoiles,
Et le rouge flambeau du phare avertisseur
Nous montrait, nous cachait sa tournante lueur.
Mais tout à coup au sein du nocturne silence
Dont le charme rêveur couvrait la mer immense,
Le retentissement mélodieux d'un cor
Nous annonçait enfin le retour d'Agénor.
Il amarrait sa barque, il gravissait les roches
Et venait recevoir les maternels reproches
Que le retardataire avait trop mérités,
Et les trois promeneurs rentraient à pas hâtés.

Après l'été d'azur vint la brumeuse automne.
Les arbres, agités d'un souffle monotone,
Semblaient en se berçant murmurer des regrets,
Mais leurs rameaux flétris n'étaient point sans attraits.
L'ormeau se diaprait sous les froides bruines,
Le mérisier prenait des teintes purpurines,
L'érable frissonnait dans son feuillage d'or
Et le grand chêne pâle était superbe encor.
Toutes les fleurs avaient disparu de la fête,
Hormis l'humble bruyère et l'ajonc dont la tête,
De bouquets radieux couronnée en tout temps,
Embaume tour à tour zéphyr et les autans.
Si notre vieux donjon pleurait les hirondelles,

Ses choucas familiers lui demeuraient fidèles ;
Si le doux rossignol ne charmait plus nos bois,
Le plaintif rouge-gorge y modulait sa voix.
Mille beaux voyageurs, isolés ou par bandes,
Venaient choisir, ceux-là nos eaux, ceux-là nos landes,
Ceux-là l'humide fond de nos taillis ombreux,
Et le plomb d'Agénor partout pleuvait sur eux.
Laissons-le se livrer tout entier à ces chasses :
Trop heureux s'il n'avait chassé que des bécasses !

Peut-être j'aurais dû dans la tombe emporter
Ce que je vais ici maintenant raconter ;
Mais sache, avant d'entendre un drame lamentable,
Que je fus malheureuse et ne fus point coupable.

Mon récit où je n'ai rien voulu te cacher,
T'a révélé combien Agénor m'était cher.
Je l'aimais ! Quel Esprit me souffla ce délire
Qui de mon existence allait faire un martyre ?
Je ne sais, mais un soir — il m'en souvient encor —
Je me sentis rougir sous les yeux d'Agénor.
Je l'aimais ! Ne crois pas que l'humble commensale
Du château dont jadis elle eût été vassale,
Ait un instant rêvé qu'à son fatal amour
Le comte Ferloyal pourrait répondre un jour.
Non ! quand, le cœur brisé, sans espoir d'espérance,
J'osais entre nous deux mesurer la distance,
Dans ce beau gentilhomme à l'âme, à l'œil de feu,

La fille du pêcheur voyait un demi-dieu !
Lui, toujours bienveillant, affable, gai, sincère,
Avait pour l'orpheline une amitié de frère ;
Il raillait ma tristesse et ne soupçonnait pas
Le sentiment profond qu'il m'inspirait, hélas !

Souvent d'un pas furtif, seule avec ma pensée,
M'échappant du manoir j'allais, pauvre insensée,
Chercher les lieux déserts où je pouvais, du moins,
Exhaler ma souffrance et pleurer sans témoins.
Je m'égarais parmi des espaces sans bornes
Que d'un épais brouillard couvraient les vagues mornes,
Et mon bouillant cerveau goûtait quelque douceur
A sentir les baisers de l'humide vapeur.
J'entendais sans les voir, au-dessus de ma tête,
Des vols d'oiseaux passer comme un vent de tempête.
J'aurais, j'aurais voulu m'envoler plus haut qu'eux,
Gagner les régions de l'éther lumineux,
Monter sans fin avec d'infatigables ailes,
Et retrouver la paix aux sphères éternelles.
Mais l'homme fait de chair ne prend point son essor ;
Je devais ici-bas longtemps traîner mon sort,
Avant de m'élancer vers la céleste voûte
Dont l'ange de la mort seul nous ouvre la route.

Je marchais donc portant mes amères douleurs,
Laissant le vent glacé sécher mes yeux en pleurs.
De la cime des bois en foule détachées,

Autour de moi tombaient les feuilles desséchées ;
Et je regardais fuir leur pâle tourbillon,
Qu'emportait en sifflant le rapide aquilon.
J'écoutais les rumeurs lamentables, lointaines,
De la mer qui battait ses falaises hautaines,
Tandis que nos sapins, roulés confusément,
Rendaient comme les flots un sourd mugissement.
Le soleil terne et froid s'éclipsait sous la nue ;
La tristesse régnait dans la vaste étendue ;
Tout souffrait, l'océan et la terre et le ciel,
Et mon cœur partageait le deuil universel.
Toute cette nature aux scènes désolées,
Ce crêpe enveloppant les monts et les vallées,
Ces éléments en proie à la convulsion,
Nourrissaient, exaltaient ma folle passion.
D'une image trop chère incessamment suivie,
N'attendant ni bonheur ni repos dans la vie,
Je ne formais qu'un vœu, je n'avais qu'un désir :
Voir heureux Agénor ! pour Agénor mourir !
Demandant seulement de mourir innocente,
Pour lui donner au ciel ma prière puissante.

Il fallait me contraindre en rentrant au manoir,
Mettre un masque joyeux, causer, rire et, le soir,
Compter heure après heure à la vieille pendule,
Avant de regagner la tranquille cellule
Où je priais devant le Dieu crucifié,
Où l'ange du sommeil me prenait en pitié

Et dans un songe heureux parfois jusqu'à l'aurore,
Me faisait oublier le mal qui me dévore.

J'étais chrétienne alors autant que je le suis,
Et je crus qu'au milieu de mes brûlants ennuis
Le confessionnal me serait un refuge ;
Mais je ne trouvai là qu'un insensible juge
Qui, loin de me verser la consolation,
Me jetait l'ironie ou la damnation :
Mon esprit à sa voix se remplissait d'alarmes
Et du saint tribunal je sortais tout en larmes.
En me parlant ainsi le rude confesseur
Oubliait que le Christ est amour et douceur ;
Oui, certe, il oubliait, ce médecin de l'âme,
Que la compassion est un divin dictame.

Le prêtre étant toujours un confident discret,
Je me disais que nul ne saurait mon secret ;
Mais avec son instinct et de femme et de mère,
Madame avait bientôt pénétré le mystère
Dont la tremblante Yvette, au prix de mille efforts,
Voilait son chaste amour comme on cache un remords.
Au lieu de s'irriter, l'indulgente maîtresse
Dans sa pitié pour moi redoubla de tendresse ;
Sans provoquer jamais de pénible entretien,
Souvent son regard triste arrêté sur le mien,
Muette, elle semblait chercher en sa pensée
Le moyen de guérir ma jeune âme blessée.

Oh ! si j'avais alors écouté la raison,
J'aurais dû m'éloigner, fuir la noble maison
Où je trouvais le sort d'une fille adoptive ;
Mais un charme cruel m'y retenait captive.

Un soir, assis devant notre large foyer,
Qu'illuminait le tronc flambant d'un chêne entier,
Nous entendions rugir les nocturnes rafales,
Se ruant à l'assaut des tours seigneuriales.
Tantôt le bruit grondant des souffles souverains
Parcourait sous nos pieds les vastes souterrains ;
Tantôt du noir donjon battant la haute tête,
En sifflements aigus se brisait la tempête,
Et nous gardions tous trois un silence profond.
Agénor caressait son superbe griffon ;
Sur un léger tissu, moi, d'une main fiévreuse,
Je faisais voltiger mon aiguille brodeuse ;
La comtesse égrenait son rosaire, et ses yeux
Imploraient ardemment l'assistance des cieux.
Quand elle eut achevé les pieuses dizaines
Que l'Église consacre à la Reine des reines,
S'adressant à son fils : « Vous êtes, Agénor,
Mes délices, mon sang, ma vie et plus encor ;
Vous êtes le portrait de l'époux que je pleure ;
Mes jours auprès de vous s'écoulent comme une heure ;
Quand vous n'êtes plus là je compte les instants,
Et cependant il faut nous quitter pour longtemps.

Vous savez que mon frère habite l'Italie :
Sa santé maladive et par l'âge affaiblie,
Au pays du soleil le retient loin de nous.
Il vous a fait, enfant, sauter sur ses genoux,
Et veut revoir, avant de mourir, le jeune homme
Qui sera l'héritier de sa villa de Rome.
Votre oncle vous demande, allez donc près de lui,
Egayer ses jours pleins de souffrance et d'ennui.
Le climat, les beaux-arts, les souvenirs antiques,
Vous offriront là-bas leurs charmes poétiques ;
Vos yeux s'enivreront de lumière et d'azur
Et vous me daterez vos lettres de Tibur.
Me séparer de vous est bien cruel sans doute,
Mais le devoir est là ; partez, quoi qu'il m'en coûte ! »

Agénor répondit : « Hors ma Bretagne et vous,
Mère, je ne veux rien et ne suis point jaloux
D'aller désennuyer, au pied des sept collines,
Un vieillard qui se traîne à travers les ruines.
Qu'importe un ciel de nacre et de saphir et d'or
A celui que ravit notre ciel gris d'Armor ;
A celui qui préfère, en ses goûts fort étranges,
Le nuage au soleil et la pomme aux oranges!
Et pourtant, fils soumis, je vous obéirai :
Un désir de ma mère est un ordre sacré.
Ma plume vous dira d'ici quelques semaines
Ce que le temps a fait des vanités romaines.
Mais avant de partir pour les murs des Césars,

Je voudrais délivrer ce pauvre canton d'Ars
Du sanglier fameux, monstrueux solitaire,
Qui ravage nos blés et nos pommes de terre.
On l'a blessé dix fois en vain ; pour en finir
Avec lui, dans trois jours je compte réunir
Nos plus braves tireurs à ma meute intrépide.
Nous livrerons bataille au glouton peu timide ;
Et, quand j'aurai sonné gaiement son hallali,
J'irai pleurer Kernor aux champs de Tivoli. »

Ainsi, pour me guérir de ma triste démence,
Une mère exilait son fils de sa présence !
Ils allaient se quitter avec d'amers regrets :
Vous savez, ô mon Dieu, tout ce que j'en souffrais !

C'était un vendredi, le treize de novembre.
Levée avant le jour dans ma petite chambre,
J'avais ce matin-là prié plus longuement,
Pour chasser je ne sais quel noir pressentiment,
Dont j'étais obsédée à la suite d'un rêve,
Où de sang et de mort j'avais rêvé sans trève :
Inutile prière ! un cauchemar affreux
M'étreignait, m'étouffait de son poids douloureux.
Dans la cour du manoir l'aurore souriante
Vint bientôt éclairer cette scène bruyante
Qui précède toujours le départ des veneurs.
Pendant qu'allaient, venaient, criaient les serviteurs,
Les chiens, déjà munis d'une large pitance,

Aux barreaux du chenil hurlaient d'impatience.
Douze des plus vaillants sont choisis, sont couplés
Et le garde les tient sous son fouet rassemblés.
Deux chevaux équipés attendaient à la grille.
Agénor, dague au flanc, au dos trompe qui brille,
Arrive, saute en selle, et, cavalier joyeux,
Suivi de son piqueur disparaît à mes yeux.

Lui parti, le château fut une solitude.
Alors pour dissiper ma sombre inquiétude,
J'allai chez la comtesse et sa sérénité
Rendit à mon esprit peu de tranquillité.
Un même sentiment préoccupait nos âmes.
La matinée entière ensemble nous causâmes,
Toutes deux attendant le retour du chasseur,
L'une avec confiance et l'autre avec terreur.
Bien long fut ce jour-là !

Cependant d'heure en heure,
Le soleil, au couchant de la vieille demeure,
Baissait, et, nous dardant ses feux horizontaux,
Du morne Ferloyal embrasait les vitraux.
Madame travaillait et moi dans l'étendue
Vainement à chercher je fatiguais ma vue,
Vainement j'écoutais tous les bruits d'alentour :
Rien de l'absent chéri n'annonçait le retour.
Quand sur nous descendant sans lune, sans étoiles,
La nuit nous eut couverts de ses lugubres voiles,

Ne voyant rien venir et toujours croyant voir,
Mes regards obstinés fixaient l'espace noir.
Ténèbres !

Mais voilà qu'au fond de l'avenue,
Apparaît la rougeur d'une flamme imprévue.
Mon cœur, à cet aspect qui me remplit d'émoi,
Tout palpitant d'espoir conserve un vague effroi.
Du flambeau voyageur la lumière débile
Marche si lentement qu'elle semble immobile.
Pourtant elle s'approche, elle arrive au château,
Et m'offre dans la cour un bizarre tableau.
Quatre hommes s'avançaient, chargés d'une civière,
Portant je ne sais quoi sur un tas de bruyère.
Quel fardeau les accable ? « Eh ! c'est le sanglier
Dont sans doute le poids les fait ainsi plier.
Madame, venez vite ! oh ! la belle curée
Que nous allons avoir ! » disais-je rassurée.
Je cours pour voir la bête et je trouve, ô douleur !
Agénor, étendu sans regard, sans couleur !
La mère sur la scène aussi vient de paraître.
Elle voit et s'écrie : « Un médecin ! un prêtre ! »
Le médecin est là. Bon savant généreux,
Après avoir soigné le chasseur malheureux,
Il l'accompagne avec un dévouement fidèle
Et veut jusqu'à la fin lui prodiguer son zèle.
Les porteurs, épuisés et la sueur au front,
Montent péniblement les degrés du perron ;

Le blessé doucement est placé sur sa couche ;
Fermés restent ses yeux et muette est sa bouche.

Chacun s'est retiré par ordre du docteur.
Je rencontre en sortant Janic, le vieux piqueur,
Qui menait si gaiement l'équipage du comte.
Je le prends à l'écart ; il pleure et me raconte
Ce qu'il a fait et vu durant ce jour fatal.
Je vais laisser parler le serviteur loyal.

« Nous étions donc partis, ma chère demoiselle,
Le maître sur Candor, le piqueur sur Gazelle.
Temps superbe vraiment ! sauf un léger brouillard
Que le soleil levant dissipa sans retard.
Le bois n'étant pas fait, nous pressons nos montures,
Et coupant au plus court à travers les pâtures,
Nous sommes avant l'heure à l'auberge des Houx,
Où nos gars réunis buvaient du cidre doux.
J'en avale un pichet et pendant qu'on discute
Les chances, les moyens d'une incertaine lutte,
Je prends mon bon limier, à quêter toujours prêt,
Et nous allons ensemble inspecter la forêt.
Caribaud qui commet rarement une faute
Flaire tantôt nez bas, tantôt la barbe haute.
Moi des yeux je travaille et cherche à découvrir
Les traces que le sol humide peut m'offrir ;
Mais pour trouver la piste, il faut le dire, en somme,
Le flair du chien vaut mieux que le regard de l'homme.

Mon limier tout à coup pousse un sourd grondement,
Et d'un coup de collier m'avertit rudement.
Je pique une brisée et joyeux je m'empresse
De revenir, gardant le Caribaud en laisse.
Mon rapport entendu, nous tombons tous d'accord
D'attaquer prudemment avec deux chiens d'abord,
Pour ne pas effrayer trop la bête maudite,
Qui nous échapperait par une prompte fuite.
Sur la table où les pots de cidre sont encor,
De nos munitions je répands le trésor.
Monsieur charge lui-même, avec soin examine
Son fusil à piston : moi j'ai ma carabine.
Nos paysans avaient leur vieux pierrot rouillé
Qui tue aussi très bien quand il n'est pas mouillé.
On part à pied ; des chiens nous emmenons un couple.
On arrive, on se place et sans bruit je découple.

C'est un épais fourré de brandes, chaud réduit,
Qu'a choisi le brigand pour y faire sa nuit
Et goûter le sommeil que donne l'innocence.
Mais s'il dormait, nos chiens l'ont réveillé, je pense,
Car nous venons d'entendre, écouteurs attentifs,
Un rauque grognement suivi de cris plaintifs.
Phanor revient traînant une jambe écloppée ;
Margot ne revient pas, mortellement frappée.
« Janic, me dit le maître, hein ? ça commence mal !
Va-t-en chercher la meute entière et mon cheval. »
La meute n'est pas loin, j'y cours et je l'amène

Au grand trot de Candor, en un tiers d'heure à peine.
Sitôt que par monsieur Candor est enfourché :
« Lâchez tout ! » tel est l'ordre, et quand tout est lâché,
La troupe des hurleurs bondit, se précipite :
Non, il n'est pas besoin que ma voix les excite.
Ils ont senti le monstre ; ils l'attaquent, mais lui
Contre dix assaillants est seul et n'a point fui.
C'est en vain que chacun, au poste, tient son arme ;
Rien ne sort, et pourtant quel terrible vacarme !
Quel combat acharné ! jamais sous ces grands bois,
Les échos n'ont redit de semblables abois.
Il ne débûche pas, l'animal redoutable.
Nous avons entendu plus d'un cri lamentable,
Et les blessés déjà sans doute sont nombreux.
Si l'œil ne peut percer le fourré ténébreux,
Nous n'avons que trop vu tour à tour apparaître
Trois chiens lancés en l'air par un boutoir de maître.
La voix du jeune comte éclate de courroux :
« L'insolent ! voilà comme il se raille de nous !
Du reste c'est un brave et je lui rends justice ;
Mais le jeu devient cher, il est temps qu'il finisse ;
Je vais donc lui parler à ce roi des larrons,
Qui jongle avec mes chiens comme avec des marrons. »
Alors il entre au fort et notre alarme est grande ;
De son buste superbe il domine la brande ;
Cavalier intrépide, et sûr de son cheval,
Il avance et bientôt découvre le brutal.
Il tire un pistolet énorme de sa fonte ;

Ajuste d'une main aussi ferme que prompte ;
Un coup de feu résonne et le monstre abattu
Roule parmi les chiens qui l'ont tant combattu.
Mais vite il se relève et toujours les menace.
« Il faut à ce bandit donner le coup de grâce !
S'est exclamé le comte ; enfants, accourez tous,
La victoire n'est point encore à nos toutous. »
Nous courons, mais déjà le cavalier à terre
Marche, la dague au poing, contre le solitaire
Qui s'épouvante peu d'un ennemi nouveau,
Et reçoit en plein corps le large et long couteau.
Le sanglier rugit altéré de vengeance :
Malgré nos cris, malgré nos balles il s'élance,
Culbute son vainqueur par un suprême effort,
Lui déchire les flancs et sur lui tombe mort.

A ces affreux détails que ma douleur abrège,
Ma bonne demoiselle, hélas ! qu'ajouterai-je ?
C'était le cas d'agir, non de pleurer, ma foi !
Jetant bas nos fusils, mes compagnons et moi,
Nous nous précipitons au milieu du carnage,
Où seuls restés debout quatre chiens faisaient rage.
Mon lourd fouet les écarte à coups multipliés.
Sur le cadavre noir tous en double pliés,
C'est à peine en tirant, qui les pieds, qui la tête,
Si nous pouvons enfin traîner l'horrible bête
Dont la masse écrasait l'infortuné veneur,
Qui là git haletant, livide de pâleur.

On façonne un brancard de fougère et de gaules ;
Le comte est chargé sur de robustes épaules,
Et porté d'une traite au cabaret des Houx,
Naguère le témoin d'un si gai rendez-vous.
Laissant mes chiens jouir de leur furie avide,
J'avais monté Candor, et d'un galop rapide
J'étais allé chercher le docteur Kermolant
Qui vint et s'installa près du grabat sanglant.
Après que d'une main et délicate et sûre,
L'habile homme eut sondé l'effroyable blessure,
Il ne put retenir un désolant : Grand Dieu !
Qui montrait qu'à l'espoir il avait dit adieu.
Bien qu'on manquât de tout en ce lieu misérable,
Grâce aux soins prévoyants du docteur secourable,
Un pansement complet soulagea le blessé
Qui s'endormit et fut à ma garde laissé.
Un breuvage puissant l'avait rendu tranquille :
Longtemps il reposa sur sa couche immobile,
Et quand il s'éveilla de son pesant sommeil,
A la cime des bois s'éteignait le soleil.
« Chers amis, nous dit-il, une grâce dernière !
Je ne veux point qu'ici se ferme ma paupière ;
Ramenez-moi donc vite au manoir paternel ;
Que j'expire du moins sur le sein maternel ! »
Chacun de nous pleurant en un morne silence,
Pour ne pas éclater se faisait violence.
Kermolant du départ ordonna les apprêts,
Et bientôt à marcher huit hommes étaient prêts.

Je ne raconte point le nocturne voyage,
Où notre dévouement triplant notre courage,
Nous avons accompli le douloureux transport
Du mourant trop aimé qui demain sera mort.
Jadis à Waterlo j'ai vu tomber le père,
Aujourd'hui c'est le fils : aussi lui, si la guerre
L'avait fait colonel de quelque légion,
Avec son regard d'aigle et son cœur de lion,
Avec sa voix vibrante, avec sa haute taille,
Comme il eût été beau dans un jour de bataille ! »

En achevant ces mots se tut le vieux piqueur,
Et moi je n'avais plus de sang que dans le cœur.

Or, durant ce récit, accouru d'une haleine,
Notre recteur était monté ; la châtelaine
L'avait près de son fils introduit à l'instant,
Et nos bons serviteurs priaient en sanglotant.
Le docteur, maudissant son art inefficace,
Au médecin de l'âme avait cédé la place,
Et, couvrant un fauteuil de son corps sec et long,
Des vapeurs de sa pipe enfumait le salon.
Le foyer s'éclairait d'un joyeux feu de hêtre :
Le griffon d'Agénor, sans penser à son maître,
Dormait sur le tapis, tandis que deux chatons
Sous la table jouaient avec mes pelotons.

Madame tout à coup dans sa chambre m'appelle ;

Je l'aborde en tremblant : « Yvette, me dit-elle,
Venez à mon secours ! Mon enfant va mourir
Et semble mépriser son céleste avenir.
Le prêtre en vain lui parle, insiste, rien ne touche
Le malheureux qui garde un silence farouche :
A moi-même, à sa mère, il n'a point répondu !
Ah ! pour l'éternité serait-il donc perdu !
Non ! non ! venez, ma fille, et que par vous Dieu m'aide
A lui faire accepter son unique remède. »
Nous entrons dans le vaste appartement boisé,
Où le pauvre Agénor, de souffrances brisé,
Tord les draps de son lit et bruyamment respire.
Il m'adresse d'abord un pénible sourire,
Mais ses yeux aussitôt redevenus hagards,
Au lieu de les chercher évitent nos regards.
Sourd à toute prière, à nos pleurs insensible,
L'obstiné nous oppose un mutisme invincible,
Et le digne recteur, n'espérant plus qu'en Dieu,
Ouvre son bréviaire et lit au coin du feu.

La mère a pris la main de son fils et la presse,
Puis avec un accent d'ineffable tendresse :
« Envers vous, Agénor, vous êtes bien cruel
De repousser ainsi le bonheur immortel !
Quoi ! ce n'est point assez de perdre cette vie !
Faut-il encor que l'autre aussi vous soit ravie ?
Mais songez donc qu'un prêtre est là qui vous attend
Et que pour vous absoudre il suffit d'un instant.

Hâtez-vous ! elle 'approche, elle sonne peut-être,
L'heure où seul devant Dieu vous allez comparaître.
Prévenez sa justice ! O mon enfant, pourquoi
Ce refus insensé qui nous glace d'effroi ?
Voulez-vous m'enlever l'espérance suprême
De réunir mon âme à votre âme que j'aime ?
Voulez-vous, quand ma mort suivra votre trépas,
Que je vous cherche au ciel et ne vous trouve pas ? »

A ce cri suppliant de la voix maternelle
Le fils n'est point ému, le fils reste rebelle :
Des lèvres pas un mot, pas un signe des yeux,
Car le démon muet le tient silencieux,
Et sans doute déjà plein d'une horrible joie,
De ce désespéré compte faire sa proie.
Mais tandis que je suis là morne, regardant
L'infortuné qui va mourir impénitent,
Une inspiration que j'appelle divine,
Une inspiration soudaine m'illumine.
Aux pieds du crucifix je me jette à genoux
Et prononce tout bas ce vœu terrible et doux :
« Seigneur, accorde-moi le salut de cette âme !
Sauve, sauve Agénor de l'éternelle flamme !
Qu'il fasse l'humble aveu commandé par sa foi,
Et pour prix du pardon qu'il obtiendra de toi,
J'irai m'ensevelir dans ces tristes demeures
Où l'homme endolori compte en pleurant les heures.
A nos frères souffrants prodiguant mes secours,

Je leur consacrerai mes nuits comme mes jours ;
J'asservirai mon corps aux jeûnes, au cilice,
Et si ma vie entière, offerte en sacrifice,
Ne te satisfait pas, Dieu des ressentiments,
J'accepte après la mort un siècle de tourments ! »

A peine finissait ma prière brûlante,
Qu'Agénor se tournant sur sa couche sanglante,
Dit au prêtre : « Venez ! » Le prêtre s'approcha,
Et dans son sein un cœur repentant s'épancha.
Durant leur entretien, ma chrétienne maîtresse
Mêlait à sa douleur une sainte allégresse ;
Et moi, lorsque je vis Agénor pardonné,
Je crus que le bonheur du ciel m'était donné.

Cependant la victime, à son sort résignée,
Des larmes de sa mère incessamment baignée,
De minute en minute allait s'affaiblissant ;
Les regards se troublaient ; de noirs bouillons de sang,
Vainement étanchés par nos mains frémissantes,
Montaient de la poitrine aux lèvres blémissantes,
Et du terme prochain le docteur convaincu,
Triste, courbait le front comme un soldat vaincu.

Tous les gens du château qu'un tel malheur accable,
Réunis contemplaient la scène lamentable.
Le mourant reconnaît notre groupe éploré
Et s'adresse aux amis dont il est entouré :

« Adieu, ma pauvre mère ! adieu, ma bonne Yvette !
Vous tous qui me pleurez ! Vous tous que je regrette !
Consolez-vous : un jour pour ne me quitter plus
Vous viendrez me rejoindre au séjour des élus.
Ainsi que mes aïeux d'héroïque mémoire,
J'aurais voulu mourir, ô France, pour ta gloire ;
Et je tombe frappé dans un combat obscur !
Chrétien, je me soumets, mais ce trépas est dur ! »

Puis remarquant Janic qui tout haut se désole,
Il lui dit, et ce fut sa dernière parole :
« Janic, pense à nos chiens dans la forêt laissés ;
Fais enterrer les morts et soigne les blessés. »

Nous n'entendons plus rien, hors ce sinistre râle
De l'homme qui descend dans la nuit sépulcrale,
Et dispute, étranglé de suffocation,
Un reste d'existence à la destruction.
Pendant qu'on suppliait la clémence infinie,
Du dernier Ferloyal s'achevait l'agonie.
La consternation remplit le vieux manoir ;
Minuit sonne, le ciel est devenu plus noir,
Et le vent qui gémit dans le corridor sombre,
Mêle sa longue plainte à nos plaintes sans nombre.

Trois jours après ce jour d'inéluctable deuil,
Six hommes du domaine enlevaient un cercueil,
Et, le front découvert, sous une pluie affreuse,

Mesuraient lentement leur marche douloureuse.
Madame d'un pas ferme et moi d'un pas tremblant,
Nous suivions, nos regards fixés sur le drap blanc.
Les prêtres du canton, notre recteur en tête,
Précédaient le cortège. Un souffle de tempête
Courbait en mugissant les arbres du chemin,
Le sauvage océan grondait dans le lointain,
Et ces lugubres voix, au chant des morts unies,
Formaient autour de nous de sourdes harmonies.
Nous arrivons : au bourg tout logis est fermé,
En honneur, en regret d'Agénor tant aimé.
Le temple est trop étroit pour contenir la foule,
Qui des champs accourue immense se déroule ;
Devant l'enceinte pleine elle presse ses flots,
Et l'office est troublé par le bruit des sanglots.
On se dirige après vers le vieux cimetière,
Où la fosse béante et froide attend la bière.
Là, tout près, gît le corps du vénéré pasteur,
Qui me prit orpheline et fut mon bienfaiteur ;
Là sont aussi mon père et ma mère et mes frères,
Gardés par l'if antique aux rameaux funéraires,
Qui peut-être entendit vingt générations
Exhaler tour à tour leurs lamentations.
Dans cet enclos où dort la moitié de moi-même,
Le prêtre murmura son oraison suprême ;
Et je vis le cercueil de celui que j'aimais,
Descendre, disparaître, englouti pour jamais !
La mère, jusque-là si forte, si vaillante,

Soudain entre mes bras s'affaissa défaillante ;
Inerte, à sa voiture il fallut la porter,
Et c'est non sans effort que je l'y fis monter.

Oh ! pour nous quel retour ! Qu'as-tu fait, mort avide ?
Agénor est absent et la maison est vide !
Vides sont les vallons et vides sont les bois,
Que le joyeux chasseur remplissait de sa voix !
Pendant qu'il dort glacé dans la tombe muette,
Moi, promenant partout mon regard désolé,
Je répète le cri navrant du grand poète :
Un seul être nous manque et tout est dépeuplé [1].

C'est assez, mon enfant, terminons cette histoire,
Qui sortira bientôt de ta courte mémoire.
Je restai quatre mois encore à Ferloyal,
Prodiguant à Madame un amour filial ;
Mais lorsque le printemps, cet inconstant fidèle,
Sur les tours du château ramena l'hirondelle,
Je dus sans hésiter, pour accomplir mon vœu,
A tout ce que j'aimais dire un cruel adieu.
Or, par un gai matin de splendide avrillée,
Que les merles sifflaient sous l'humide feuillée,
Que la terre était verte et bleu le firmament,
Que tout était parfums, lumière, enchantement,
Une religieuse, à l'austère figure,

[1] Lamartine.

5

Me fit asseoir près d'elle au fond d'une voiture,

Et m'imposant l'ennui d'un grave et long discours,

A mon pays natal m'enleva pour toujours.

Bref, ma vocation ne fut point indécise,

Car Yvette à vingt ans devenait sœur Denise,

Et depuis, grâce au Christ, mon guide et mon soutien,

J'ai parcouru le monde en faisant quelque bien.

Si, dans le cours errant de mon pèlerinage,

Je n'ai jamais revu les lieux de mon jeune âge,

Par ses lettres du moins la mère d'Agénor

M'a souvent en esprit ramenée à Kernor.

Ces lettres qu'une main tremblante avait tracées,

M'arrivaient à demi par les pleurs effacées.

C'était mieux que mes yeux mon cœur qui les lisait ;

Comme un trésor sacré ma lèvre les baisait ;

Devant mon crucifix j'aimais à les relire.

Hélas ! après trois ans on cessa de m'écrire,

Et ce silence-là devait être éternel :

La mère d'Agénor l'avait rejoint au ciel !

La fièvre jaune encor sévit en Amérique

Et je vais de nouveau traverser l'Atlantique.

Oui, j'aurais volontiers embrassé le facteur

Qui m'a remis hier, messager de bonheur,

Cet ordre de me rendre, en toute diligence,

A Cherbourg où m'attend un navire en partance.

Pour aller affronter, combattre le fléau

Qui jette par milliers les hommes au tombeau,
Nous partons douze avec notre supérieure.
Un sentiment profond de joie intérieure
M'enivre, et j'ai l'espoir que cette fois, là-bas,
Le martyre envié ne m'échappera pas.
Je quitterai demain ton heureuse demeure.
Nous autres nous courons où l'on souffre, où l'on pleure ;
Nous portons en tout lieu secours à l'affligé,
Mais nous disparaissons dès qu'il est soulagé.

ÉPILOGUE

La bonne sœur Denise, au réveil de l'aurore,
Partit et s'en alla mourir à Baltimore.
De son touchant récit le souvenir vainqueur
Après un demi siècle émeut encor mon cœur.

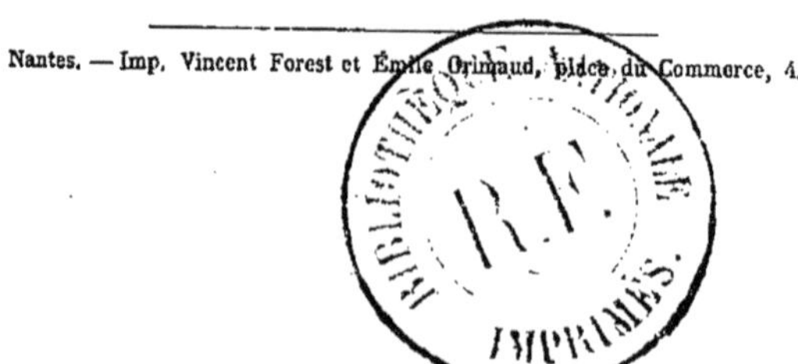

Nantes. — Imp. Vincent Forest et Émile Grimaud, place du Commerce, 4.